Älykkäitä vitsejä

Miksi eläkkeelle pääseminen on hankalaa?
- Sen takia, koska muuten eläkkeelle pääsisi jo pelkästään sillä, että sanoisi lääkärin vastaanotolla rakastavansa sinua, koska olet korkeasti kouluttautunut, vakituisessa työssä ja taloudellisesti itsenäinen, koska hän olisi niin sanotusti psykoosissa.

Miksi alle kuusinumeroinen luvun muistaminen lasketaan heikoksi?
- Sen takia, koska et muista niin sanotusti omaa syntymäaikaasi.

Miksi Jeesus paastosi?
- Koska halusi pienentää vatsalaukkua.

Mitä eroa on tasalämpöisellä ja vaihtolämpöisellä?
- Tasalämpöinen on karvallinen ja vaihtolämpöinen
karvaton.

Mistä 30cm pitkä viivotin sai alun?
- Kudotusta neliöstä.

Mitä eroa on naaraskissalla ja uroskissalla?
- Naaraskissalla on pienemmät silmät.

Mistä Kela lyhenne on saanut alun.
- Keskiviikon ja lauantain saunapäivistä.

Miksi tiskikone luotiin?
- Jotta tuttipullo olisi helpompi pestä.

Miksi olohuone ja keittiö yhdistettiin?
- Siksi, että keittiössä tehdessä ruokaa voi samalla katsoa jalkapalloa.

Miksi vaatekaapissa on neljä hyllykköä?
- Sen takia, että yhteen voi laittaa puhtaat
vaatteet, yhteen yhden päivän käytetyt vaatteet,
yhteen kaksi päivää käytetyt vaatteet ja yhteen
kolme päivää käytetyt vaatteet.

Miksi puhelimet ovat kalliita?
- Sen takia, että yritys saa vakuutusyhtiöstä korvaukset.

Miksi taksiasemalla on sihteeri?
- Sen takia, koska tilittää kerran kuussa olevat
Kelan laskut.

Miksi iPad kehitettiin?
- Jotta tietokoneella osallistuessa kilpailuihin olisi helpompi hakea vastaus.

Miksi nykykalentereissa ei ole yhteystietokohtaa?
- Siksi, koska ne olisi joko tyhjiä tai täynnä
poliitikkojen tietoja.

Miksi sairaalassa on kaksi vessaa?
- Siksi, että toiseen voi mennä, kun toista
siivotaan.

Miksi tarjotin luotiin?
- Jotta keittiöstä saa kerralla enemmän
kahvitarjoiluun tavaraa.

Miksi julkkikset ovat ylipainoisia?
- Sen takia, koska haluavat olla rauhassa,
kun kukaan ei ole ollut kiinnostunut heistä
aiemmin.

Miksi S-pankin sovellus luotiin?
- Jotta laskut saa maksettua
puhelinnumeron vaihtuessakin.

Miksi psykologin testit luotiin?
- Jotta saadaan selville mikä ala kiinnostaa
peruskoulun päättänyttä eniten.

Miksi Kiina ei kuulu Eu:n?
Että saa tarjota halpaa työvoimaa.

Miksi osa on kaupparosvoja?
- Koska turhautuneita, kun myyjää ei näy
minuutteihin.

Mitä eroa on huume kuorma-autolla ja yritys
kuorma-autolla?
- Huume kuorma-autossa ei lue yrityksen
nimeä.

Mistä ihmiset on saanut alun?
- Kissoista, kun ihmisvärejä on saman verran.

Miksi osa miehistä on ylipainoisia?
- Sen takia, kun syövät lääkkeitä.

Miksi usea nuori on ylipainoisia?
- Koska tarjolla ei ole kuntosalia.

Miksi mobilepay luotiin?
- Ettei kaupassa ostokset jää maksamatta,
jos kortti unohtuu kotia?

Miksi servetti vanhenee?
- Koska imukyky loppuu.

Miksi ruoat on kalliita?
- Koska suunniteltu kaksimetrisille.

Miksi google luotiin?
- Jotta ihmisistä tulisi uskovaisia ja maapalloon saataisiin rauha.

Miksi julkkikset sekoilevat?
- Jotta saavat rahaa lehdistöltä.

Mistä burchell's zebra on saanut alun?
- Seeprasta ja burchell linnusta.

Miksi Wikipediasta löytyy osa punaisella
tekstillä?
- Koska kyseisiä on vain muutama
testikappale.

Miksi hautakivi on arvokas.
- Sen takia, kun on jättänyt ison perinnön.

Miksi autot ovat kalliita?
- Sen takia, kun ne on suunniteltu yrityksen verohelpotukseen.

Mistä näyttelijäura on saanut alun?
- Väärästä diagnoosista.

Miksi Suomessa on vanha autokanta?
Siksi, koska museosuojattuja ja verovapaita.

Miksi sairaalassa käytetään sisäkenkiä?
- Ettei tartu kynsisieni.

Mistä suomenruotsalaiset tulevat?
- Ruotsin valtaan kuulumisesta.

Miksi miesten ja naisten sauna on erikseen?
Sen takia, ettei nainen tunne pettävänsä.

Miksi Kela korvaa 2 viikkoa aiemmin lääkkeet?
- Sen takia ettei tarvitse syödä lattialle tippuneita lääkkeitä.

Miksi vesi on kallista?
- Sähkönsiirron kautta.

Mistä 3 kuukauden työharjoittelu saanut alun?
- Vaatteiden myyntiajasta.

Miksi lehdet tippuvat puista?
- Koska suonet eivät kestä kylmyyttä.

Miksi paperipussi luotiin?
- Jotta isot pullot helpompi kantaa kaupasta.

Miksi kaikki on kallista?
- Sen takia, että omistaja voi hemmotella
elämänkumppaniaan.

Miksi osa asunnoista on kalliita?
- Sen takia, koska valtion omaisuutta samalla
alueella jolla miljoonien arvo.

- Miksi valtiolla on paljon velkaa?
- Sen takia, kun on takaajana kuntien veloille.

Miksi englanninkielestä tuli
kansainvälinen kieli?
- Koska Amerikka on isoin
kaupankäyntimaa.

Miksi poliisit ajavat autolla?
- Koska nukahtaisivat muuten puolentoista
tunnin jälkeen.

Miksi valkoisissa sukissa on hieno kuvio?
- Jotta omistaja saa paljon vuodessa myytyä
sukkia.

© 2024 Niina Haapala
Kustantaja: BoD · Books on Demand, Mannerheimintie 12 B,
00100 Helsinki, bod@bod.fi
Kirjapaino: Libri Plureos GmbH, Friedensallee 273,
22763 Hampuri, Saksa
ISBN: 978-951-56-8265-9